그냥 야인

송근주 시집

시음사
시사랑음악사랑

시인의 말

시집을 출간하는 이유 5가지

이유 1 : 나 혼자만의 세상 구경이라면 혼자 글쓰기에 만족하면 된다. 모든 사람들과 더불어 함께하는 세상 나들이를 하고 싶다

이유 2 : 개인 역사책이다. 아들이 등단하라고 했다. 등단했다. 아들이 책 내라 한다. 책은 출간하지 않았다. 아들이 이상문학상 수상하라 한다. 이상문학상은 소설 부문의 상이다. 아빠인 내가 출발을 시로 했다. 시집 출간을 미루다 지금 한다. 시 부문 수상 여부는 기다려봐야 한다.

이유 3 : 나는 내가 좋아하는 글쓰기 죽을 때까지 할 자신감이 생겼다는 것이다. 진정한 동기 부여가 된 것이다. 글적을 남기고 숨이 다하기까지 글을 쓸 것이다.

이유 4 : 나를 반겨 줄 친구가 기다리고 있다는 것이다. 얼굴 보자고 만난다. 밥 함께 먹는 식구가 된다. 내 곁에 벗이 있어 함께 밥을 먹는 식구가 되니 행복하다.

이유 5 : 나를 찾는 것이다. 내 본연의 모습, 정체성을 찾는 것이다. 내가 누구인가? 내가 어디에서 왔는가? 내가 어디로 갈 것인가? 내가 무엇을 할 것인가?

나 자신이 스스로 시인이라는 고정관념에 묶이지 않고, 자유로운 영혼으로 시인의 틀을 깨는 것이다. 시가 좋다 나쁘다 할 필요가 없다. 시인과 시인이 생각하는 대상만 있으면 되니까. 사랑을 하면 누구나 시인이 된다. 시인이라는 꿈길을 가고 있다. 뜻이 있는 곳에 길이 열린다. 내가 가고자 하는 곳에 안착한다. 세상을 살아가며 숨을 들이켠다. 들이신 숨을 내뱉는다. 들숨과 날숨처럼 공기 중에 돌고 돈다. 순간을 맞는다. 순간 내뱉는 숨결에 뜻을 담아내고 있다.

　움직여야 산다. 살아 있다는 것을 느낄 수 있다. 느릿하게 움직이며 따라가면 된다. 흐르는 시간과 공간을 눈으로 확인하려 들지 않는다. 그 자리에 있다는 것을 느낄 뿐이다. 눈으로 시각적인 감각을 보려 하지 않는다. 그저 그 자리에 있다는 느낌이 있다.

　읊는 대로 뱉어낸다. 언어가 조화를 부리고 시공간을 달려간다. 내가 글을 쓰는 동기이자 원점이다. 돌고 돌아간다. 몸이 원하는 대로 자연과 물아일체 되어간다. 영혼이 부르는 대로 따라간다. 흘러간다. 떠돌아다니다. 안착한다. 씨앗이 바람을 타고 날고 날아 자리를 잡는다. 스스로 살아갈 자리를 찾는다.

시인 송근주

* 목차 *

* 목차 *

제 3 부

* 목차 *

QR코드 스마트폰으로 QR 코드를 스캔하면 시낭송을 감상할 수 있습니다.

본문
시낭송
감상하기

 제목 : 군자란
시낭송 : 박영애

 제목 : 연인
시낭송 : 박영애

 제목 : 그리운 당신에게
시낭송 : 박영애

 제목 : 하늘과 땅
시낭송 : 박영애

 제목 : 나의 사진
시낭송 : 박영애

 제목 : 행복한 마음 채우고 있다
시낭송 : 박영애

 제목 : 사는 맛
시낭송 : 박영애

 제목 : 야인
시낭송 : 박영애

 제목 : 별 사랑
시낭송 : 박영애

시인은 자연을 이야기하고
시낭송가는 자연을 품었다.
글자는 날개를 달아 언어로 날고
소리는 자연에 눕는다.

제 1 부

고통이 있어도
함께 나누었던 당신
즐거움을
함께해서 좋았던 당신

당신이 있어
행복했어요
당신과 함께여서
행복한 거예요

사랑이라고

인생이 진부하다 말하고 싶을 때
우리 타박을 한번 해보는 것도
그리 나쁘지 않겠지요

사는 게 사는 것 같지 않다고 말할 때
우리 변명을 한번 해보는 것도
그리 나쁘지 않겠지요

운명이 가는 대로 가는 길이라고
말하고 싶지요
살아가는 날이라고 말하고 싶지요

행복해서 가는 길이라고
말하고 싶지요
사랑이라고 말하고 싶지요

샛바람

발아래 돌무더기가
우르르 떨어져 내리고
내 몸의 중심을 잃지 않기 위해
나뭇가지를 붙잡았다

잔돌 굴러떨어짐이
흙길을 따라 또르르 굴러가고
내 몸은 무게 중심을 잃지 않기 위해
나무의 삐져나온 뿌리를 붙잡았다

산길을 오르다가
황토 흙먼지가 뽀얗게 일고
산길을 내려오다가
모래 같은 사토 먼지가 되다

동쪽으로 진행하다가
서쪽으로 나아가다가
남쪽을 돌아가서
북쪽으로 달아나듯이

샛바람이 불어오는 곳으로
날려버린 흙먼지가
샛바람이 불어오는 대로
날아 모래 먼지 되다

풀

발자국 앞으로 내디딘 발가락 사이로
삐져나와 느껴진 것은 풀이다
이젠 5월로 접어들려는 예고일까?

4월의 마지막 주를 알리는 경고랄까?
풀은 자신의 몸을 엉큼엉큼 내 쏘아 대기도 하고
육신을 움쑥움쑥 키우기도 한다

봄바람이 부스스 잠을 깰라치면
당신은 나와 이야기 상대가 될 수 없을까요 하며
살며시 물어 오기도 한다

오월의 신록을 약속받은 몸으로
엉엉 소리쳐 울어도 보고
컥컥 끼루룩 웃어도 본다
포근한 햇살 아래 풀은
벙실벙실 웃기도 한다

그러나 풀은 슬프다
뽀얀 해가 얼굴을 내밀고 나와
하늘 가운데 우뚝 솟아 있어도 슬프고
해가 넘어갈 때도 슬프다

보고 싶다

그리워할 그대가 있기에
내가 이 자리에 이렇게 머물며
기쁨을 간직합니다

그리움에 가득 찬 기다림을
고통이라 하지 않고
참아 내는가 봅니다

그대의 모습이 나의 머리 가득 차고도 모자람에
나는 꿈에도 그대를 그리워하며
언제나 하루를 충실히 보낼 수 있나 봅니다

사랑한다 하기 보다는 보고 싶다는
발걸음을 내딛는 것이라고
믿고 싶습니다

임종일기

용케도 이겨냈다 다행스럽게도 복을 받고야 만 것이다 의사도 죽을 것이라 했다 한의사도 더 이상 한약을 달여 먹일 필요 없다 했다 나는 새벽에 일어났고 새벽안개를 뿌리치며 날개를 달고 하늘을 향해 날아가고 있다 울음소리가 들려왔다 식구들이 내려 보이고 있다 알고 있는 사람들은 다 모여 앉아서 침통하고 아주 슬픈 얼굴을 하고 있다 광채가 내 몸을 휩싸 안았다 어둠이었고 하늘을 날던 나는 땅에 곤두박질쳐졌다

군자란

넓은 잎줄기
양쪽으로 겹겹이 날개를 펼친
군자란
올 줄 알고 기다렸으나
오지 않았다

기다림에 지쳐갈 때
마중을 나가도
만나주지 않았다

기다리고 사랑을 바랐으나
이별을 해야 한다
이대로

머물다 간 자리에
꽃대가 있다
가지런히 놓인 꽃대에
꽃이 있다

마중을 하고
만나고
사랑 나누고
이별을 한다

제목 : 군자란
시낭송 : 박영애
스마트폰으로 QR 코드를 스캔하면
시낭송을 감상할 수 있습니다.

사랑할 때

사랑할 때는 울어도 행복하지만
이별할 때는 웃어도 불행합니다

만남이 있을 때는 즐겁기만 하지만
헤어짐이 있을 때는 아쉽기만 합니다

길이 있을 때는 정이 있지만
가시넝쿨이 있을 때는 한이 있습니다

사랑이 있음은
이별의 마루턱이 있음을 말합니다

사랑할 때는 울어도 행복하지만
이별할 때는 웃어도 불행합니다

청춘

푸르고 찬란하고요
무엇이든 하지요

못할 것 하나 없고요
무엇이든 하지요

내가 선택한 길이고요
내가 가야 할 길이고요

청춘은 푸르른 상징이고요
청춘은 새로운 계절이고요

봄처럼 내게로 오지요
푸르고 새싹이 돋지요

여름처럼 내게로 오지요
신록의 잎새를 펴지요

가을처럼 내게로 오지요
풍요로 식량을 주지요

겨울처럼 나에게 오지요
순백의 휴식을 맞지요

청춘은 나이를 몰라요
청춘은 세월을 몰라요

청춘은 마음을 알지요
청춘은 내 맘을 알지요

눈물

한 번도
그 이상도 아니다
나무에 잎이 매달리듯
얽히고설킨 그 무엇을
추구하며 마냥 달려왔다
눈에 고이는 것이 있다
눈물이 슬퍼 흘리는 것이 아니다

한 번도
그 이상도 아니지만
상징으로 삼으며
이상만을 지킴하고
꼭 도달하리라
다짐하며
달려왔다
눈물이 슬퍼 흘리는 것이 아니다
눈에 고이는 것이다

도시문명

시내에 발을 들여놓을 수 없음은 차량들 입김의 역겨움이
요 하늘을 쳐다볼 수 없음은 높아만 가는 빌딩의 고층화라
걸어도 걷는 게 아니요 보여도 보이지 않는 가식의 뒷덜미
에 잡혀 허우적거리고 있다

좋고 좋아

이 세상 지구별에
생명체로 태어나 좋아
은하계의 무수한 별 중
지구별에 살아 좋아
자연을 볼 수 있어 좋아
산과 들 바다와 강
땅에 살고 있어 좋아
땅 밑에 죽어 있어도 좋아
땅 위에 살아 좋아
살아 있어 좋아
지구별에 갇혀 사는 게 아니라 좋아
지구별과 하나 되어 살아 좋아

지구별은
동식물의 자연 천국 이어 좋고
은하계 다른 별보다 좋고
사람 냄새 맡고 살아 좋고
이성과 지혜와 만물이 넘쳐 나서 좋고
생명을 유지하니 좋고
생명체로 태어나 좋아

행복

고통이 있어도
함께 나누었던 당신
즐거움을
함께해서 좋았던 당신

당신이 있어
행복했어요
당신과 함께여서
행복한 거예요

당신과의 인연이
우리의 삶을
행복한 길로
걷게 해요

행복의 답은
당신과 함께 있다는
존재감을 알고 나서
알게 돼요

아프지 마라

아프지 마라 아프지 마라
주문을 외우고 싶은 마음
마음이 아프고 몸이 아파

아프지 마라 아프지 마라
기뻐하며 살기도 바쁜데
몸이 아프고 마음 아파도

아프지 마라 아프지 마라
몸도 마음도 즐겁게 해라
행복한 삶을 살아가게

내가 원하는 거 아니요
네가 원하는 거 아니니
아프지 마라 아프지 마라

자러 간다

잠들면 세상과 이별하는 거야
맞는 거야
아니면 세상이 싫어 등 돌리는 거야

내가 앉아 있는지
서 있는지 모르는 거야
누워있어서 그런 거야

수술실로 가고 있어
자러 가는 거야
맞는 거야

전신마취를 한다 하네
보호자가 서명을 했어
깊은 잠 잘 수 있어

오줌이 안 나와

심을 박았다
모르게 철심을 박았다
철심을 박아야
부러진 뼈를 붙게 한다

철심을 박아야 한다
뼈는 하나였는데
붙었으면 좋았는데
갈라져 붙여야 한다

실밥이 보인다
아프다
오줌보가 터질 것 같아
안 나온다

전신마취를 하고
깨어나니 안 나온다

철심 빼다

박았던 철심을 빼다
철심 자리를 다 치면 위험하다
반신마취를 한다
하반신 반신마취

허리 아래는 감각없다
전신마취 입에 마스크를 쓰게 했다
반신마취는 다른 줄 알았다
똑같다

소리 다 들리네
안 아프네
대화하면서
수술하네

재미있네
전신마취하고 다르네
진작 반신마취해주지
왜 전신마취 했을까

연인

달콤하게 속삭여주어요
짜릿한 느낌이 들어요
사랑의 감미로운
음악 선율을
나에게 노래해 주세요

느낌 있어 좋지요
연인 발걸음은 사각사각
낙엽 밟는 발소리
피아노 건반
두드리는 걸음이다

좋다고 할 때는
눈뜬장님이 된다
정말 좋은 것인지
싫은 것인지
마냥 사랑스럽다

좋다 하기도
싫다 하기도
사랑하기에
알다가도 모르는 게
연인이다

제목 : 연인
시낭송 : 박영애
스마트폰으로 QR 코드를 스캔하면
시낭송을 감상할 수 있습니다.

그리운 당신에게

그립고 그리운 이여
당신의 사랑이
이토록 사무쳐
쏟아져 내리는
애끓는 마음을
헤아려 볼 수 있는지
묻고 있습니다

그리움을 달래보려는
마음 한 줄기
소낙비 쏟아져 내리는 듯
제 마음을 적셔오나니
비에 젖은 마음은
달랠 길 없습니다

헤아려 주기를 바라는 마음
그대에게
당신에게
마음으로 바치나니
그리운 마음 살펴주소서

제목 : 그리운 당신에게
시낭송 : 박영애
스마트폰으로 QR 코드를 스캔하면
시낭송을 감상할 수 있습니다.

나이

나이 계산이 다르다
서로 나이를 자랑하는데
제각각이다

나이를 계산하는 방식이
달라서일까
시간을 잘못 알고 있는 걸까

나이를 다 달리하고 있다
개, 고양이, 돼지
소 닭 나이 다르고

사람 나이
다르다
뭐야
다 다르네

딸기

하늘에 빛을 쏟아 내는 별이 있고
조용하다
하우스에
딸기들이 춤을 추고 있다

하우스에 오케스트라의 연주 있고
하우스에
딸기들이 춤을 추게 하는
오디오 스피커 있다

살아 있다
시끄럽다
세상에 나와
춤을 추며

살고 있다
빨간 복주머니
검은 깨 문신하고
예쁘게

느낌표

느낌표를 달아 주세요
웃기면 웃기다고
기쁘면 기쁘다고
건강하면 건강하다고
행복하면 행복하다고

느낌표를 달아주지 마세요
울고 싶어 울고 싶다고
슬퍼져서 슬퍼진다고
아파와서 아프다고
불행해져 불행하다고

느낌표를 달아주세요
좋다는 느낌표만 있어요
느낌표를 달아주지 마세요
나쁘다는 느낌표는 없어요

느낌표를 달아주세요
울고 싶으면 웃으면 되고
슬퍼지려면 기뻐하면 되고
아파오면 건강하면 되고
불행하면 행복하면 되고

느낌표를 달아주세요
좋다는 느낌표만 있어요
!

!

!

자판기를 두드림

말
시가 된다
머릿속에 기억 장치는 순간
사라진다
손으로 글을 쓰고자 하나
;사라진
말

자판기를 두드린다
뇌리에 스쳐 지나가는
;수많은
말
사라지지 않게
붙잡아 두려 한다
말

뇌파가 측정할 수 없는 광속으로

타이핑을 한다

말을 사라지지 않게 하기 위한

사투를 벌인다

자판기를 두드림으로

;얻어지는

말

말

글 쓰는

나의 뇌를 손가락으로

착각하게 한다

자판기를 두드림으로

;얻어지는

말

의지

생활리듬 찾고자 하는
의지가 있으신가요?
마음먹는 대로 하는 것과
의지는 다르다고 보지 않나요?
뇌를 자극하고 통제하는 것은
마음이지 않은가요?
의지는 뇌를 자극하여 통제하는 것 아니고
내 수족을 조절하는 것 아닐까요?

동물의 이중성

사람은 사회적 동물이라 하지만
사람뿐만 아니라
군집 생활을 하면서 무리 지어 사는 게
동물의 세계입니다
인간이 아닌 동물에게도
서열은 존재합니다
생산과 먹이 분배의 원칙
본능적인 관계입니다
사람은 욕심의 동물이기에
서열을 권력욕, 재물욕, 명예욕을 갖고
본능에 따르면서 탐욕을 하지요
개성에 따라
개인적인 독립성을 갖고
동물의 이중성을
드러내고 있다고 할 수 있지요

사회적 동물

인간을 사회적 동물이라 하지 않습니까
개미의 군락, 벌집단의 사회계층도
인간보다 더 영민할 수 있습니다
무 뇌 동물임에도
사람보다 절제되고
사회적 보완과 합일의 계층화로 살아갑니다
무 뇌 동물보다 낫다는
인간이 각자 길을 가겠습니까
더불어 공존하는 인간이지 않나요
물욕이 강해서 탈이지 않을까요
입으로는 무소유
욕심을 버리고 산다 하면서
먹고, 자고, 싸는 데 만족하지 못하지요

합지요?

고심 안 합지요?
그냥 느낌대로 합지요?
내가 만족하면 그만이지요?
지식이 무지이지요?.
남이 잘 보아주면 고맙지요?

끝 2

이 세상에 끝장낼 수 있는 끝이 있을까요.
영원에 끝이 없듯이
끝이라는 것은
피조물인 인간이 만들어 낸
그림문자에 의미만 담은 것 아닌가 봅니다

제 2 부

삶이란
사랑이다
나를 사랑하는
행복이다

생명이란
사랑이다
자존감 찾아가는
행복이다

기다리는 봄

봄이 오는 문을
기다리는 것이
노인들이
기다리는 봄이고

노인들에게
낮이 길어지는 것은
봄이 오는 문을
열리게 하는 거야

노인들 위해
봄이 주는 선물이지
봄이 오는 문은
낮을 길어지게 해

봄의 문을
나가게 하는 거지
기다리면
열리는 봄이고

오리

자맥질을 한다
오리가
보이지 않는다
오리가

유기농을 한다
벼를 향해
잡초가 없다
벼가 클 때까지

오리는
잡초만 먹는다
벼는
오리가 보모다

오리가 보면
잡초는
벼에게
나쁘다

우렁이

널찍하게 펼쳐진 게
놀기 좋은
놀이터구나

숲도 우거져 있고
물놀이장도 갖춰져 있는
놀이동산이구나

필링을 하는 곳이구나
우렁이들이
신나서

놀다가 쉬며
놀다 먹다 하는
식량기지구나

논

구불구불 산맥이 이어지던 곳
개량이 되고 바둑판을 이뤘다
층층 계단을 이루어 놓은
논도 있지만

평야에 놓인
논두렁은 정비되어
기계로 재배를 한다
기계가 대신한다

한때는
소가
논이랑을 갈아주기도 했는데
논이 이야기한다

소가
그립다고
논이
이야기한다

노란 얼굴

얼굴이 노래졌다
땅에 뒹굴어
쪼개진 얼굴

가을을 타는
남자가 아니다
쪼개진 얼굴

얼굴 쪼개진 게
웃고 있는
노란 얼굴이라고

은행은 쪼개진
얼굴을
바라본다
웃고 있다

입김

입김을 불어 넣어 주었다
지나가는 김이
서려 있는 것이다

스치는 인연이 되어
입김은 마주쳤다
나의 손에 새 나오는

뜨거운 공기가
찬 공기가
조절되는 대로
그때그때

입맛에 맞는
입김이 되어 주었다
시간 얼굴이
입김이 되어 주었다

봄바람

살랑살랑 봄바람이
내 귓전을 때리네
아름다운 아지랑이
솔솔 피어오르는
찬 기운 땅에서 올라오니
꽃을 간지럽히고
속삭이는 봄바람의 귓속말

세상 사람들에게
봄바람은 이렇게 말하네
사람답게 살자고
사람의 도리를 알고
사람의 예의를 알고
사람의 마음속에
착한 마음을 갖자고

세상일은 모른다

길은 좋은 복을 받고
흉은 재앙 재난 받고
화는 재난 근심 받고
복은 기쁨 운수 받고
길흉화복은 받고 받는다

세상일은 모른다
사람 일은 모른다
변화를 모른다
법칙을 모른다
길흉화복을 받고 받는다

아침일 모른다
점심일 모른다
저녁일 모른다
모르는 게 길흉화복이고
사람 사는 세상일 모른다

좋은 일이 있다가도
나쁜 일도 생겼다가
순환하는 세상살이
돌아가는 사람살이
세상일은 사람들이 모른다

골방

골방에 틀어박혀

꼼짝 안 하고 있지

왜냐고 물어봐

내가 말할 거 같아

세상이 무서워라고 말하지

말 안 한다며 말하고 있어

말은 내 마음에게 해

누구도 알아들을 수 없다는 거야

재미있지 나만 알고 있는

비밀의 말

재미있어 세상과 담을 쌓고

살고 싶어

왜냐고 물어봐

세상이 무서워

왜 무서운지

또 물어봐

담이 너무 높으니까

금수저 은수저 흙수저

담이 너무 높다

가진 자 있는 자 무섭다

없는 자 못 가진 자도 무섭고

욕심이 욕망이

세상이 무서워

방구석에 틀어박혀

먹고 자고 귀찮아서 굶고

골방에 두문불출하고

세상으로 나오지 않으려 하지

고급 아파트

공중에 붕 떠 있는데
고급 아파트라 하네
땅이 좁아
위로 위로
높게 높게
쌓고 있는데

닭장이라 하네
공장건물처럼
공중부양하고
하늘 높이
철근과 콘크리트로
쭉쭉 뻗어 올라간

고급 아파트라 하네
돈의 가치로
투자를 한다고
투자할 곳
부동산이라고

도심에 자리 잡고
교통과 교육 시설과
의료시설 문화시설
일자리가 많다는
투자가치로
아파트를 소유하지

오래 버티지 못하네
30년을 기준으로 삼네
30년이 지나면
높이 높이 올라가겠지
30년이 지나면
바벨탑을 소유하지

사랑

사랑이라는 언어

무한 우주 언어

단어 표현 다르더라도

느낌만큼

만인에게 전달되는 언어

단어 어감

인류 영원한 진실

사랑합니다

우주 언어

사랑 날 만났습니다

꽃 이름

이름이 있지요
들과 산에 핀 꽃들에게
이름 지어주지요.
내가 불러주는 대로
이름 지어 지지요
꽃들에게도 이름 있지요
산에 지고 들에 지는
이름 지어지는
내가 부르는 대로 지어지는
꽃들에게 이름 지어주지요
나만 아는 이름 지어주지요
꽃들은 내 마음의 이름표

돌고 있다

열차 타고
고속버스 타고
택시 타고
버스 타고
길마다
들어선
도시 문명 살아가고 있다

문명 숲이다
십 년 가고
백 년 흘러도
변화 물살
빨리 가지 않는다
순식간에 물길
물기둥 됐다

가난 견디고
풍요로움 상징하는
도시 문명 보게 된다
전기 발명
도시 근대화, 세계화
인류 기원
불타고 있다

풀 보고
나무 보고
숲 보고
생물 보고
무생물 보고
자연 보고
사람 보고 살아본다

풀뿌리

오천 년 반도의 역사
너는 아는가
한반도는 외세의 침략으로
짓밟힘을 당하지 않았던가

민초 쓰러지고
쓰러져 가지만
뿌리의 뿌리는
자꾸 일어선다

땅속으로
땅속으로
박혀있는 민초 뿌리는
뿌리 간직한 채 남아 있다

반외세
반민족성 버리려 한다며
땅속 아닌
가슴 속으로 뿌리를 메우고 있다

땅 아닌 가슴으로
풀뿌리 피맺힌 한은
나의 가슴으로
꽃피워 말하리라

한 여인

내 마음을 비운 채
한 여인을 그리워한다
보지 못한 얼굴을 떠올리고
사랑이라 굳게 맹세한다

사랑을 이루지 못한
여인을 그리워한다
미완성인 채
그 자리 그 시간에 놓아둔다

한결같은 바람으로
여인을 그리워한다
슬픈 모습 보이지 않고
기쁜 모습 보이게 한다

빈 마음 감춘 채
사랑 노래를 부른다
기도하는 자세로
확인하는 순간이기에

사람이 산다

보이는 대로 보고 들리는 대로 듣는다 생각하는 사람은 느
낌표를 보고 느낌표를 듣는다 생각하는 사람은 물음표를
보고 물음표를 듣는다 생각하는 사람은 느낌표와 물음표
사이인가 우주는 공간 현상이다 우주는 현상의 틀이다 태
양계에 있다 은하계에 있다 지구라는 초록별이다 돌고 있
는 초록별에 사람이 살고 있다 느낌표가 있는 물음표 자리
에 생각하는 사람이 살고 있다

하늘과 땅

갈까마귀 날개가 하늘을 치면
나는
까아악 까아악 운다

하늘과 숲이 땅을 때리면
나는
어어엉 어어엉 운다

울음소리가
하늘과 땅을 치솟을 땐
나는
나의 존재를 안다

하늘과 땅과 나는
울음소리와 울음소리가
어울림을 안다

제목 : 하늘과 땅
시낭송 : 박영애
스마트폰으로 QR 코드를 스캔하면
시낭송을 감상할 수 있습니다.

나그네

공간의 벽이 나를 가로막고
시간의 늪이 나를 에워싸고 있다
저녁노을 빛을 따라가는 나그네의
인생 여정을 영혼이 불사르며
영원 간직하는 본능을 발상하는
해거름을 지나 고난의 여행길을
추억이라 이름 짓고 사는 사람들
그들은 나그네 같다

자아를 성숙시키는 순정은 아랑곳 않고
시공의 벽에 갇힌 사람들이
영원을 향해 나그넷길을 여행한다

구원의 신에게 기도하여도
시간의 흐름은 한순간의 낙수로 떨어져
떨어져 내리는 낙화가 되고
꽃은 피고 지고 해서
나그넷길을 여행한다

공간의 벽에 가로막혀도
시간의 늪을 헤매인다 하여도
저녁노을 빛을 따라가는 나그네는
인생을 언제나 영혼에 불사르는 나그네이다

시공을 초월하는 길에 나서서
자유롭게 바라보고자 한다
방황하다 방황하다 신에게 기도드리며
잠들 듯 조용히 사라져 가는 나그네이다

잠들듯이 사라지는 자리에 머물러있다가
고해와 참회의 반성하며
하룻밤
잠들며 사라져 가는 나그네이다

바람

바람은 서쪽에서 불어오고 있었다
아침에 불어오던 서풍의 모습이
하나, 둘
멀어져가 보인다

중천에 걸린 해를 바라본다
바람은 멀리 떠나가 버렸다
아직도, 바람의 모습이 보고파진다

바람은 서쪽에서 다시 불고 있다
아직도 부서져 버릴 것들이
많은데 날아다니기만 한다

바람이 중천에 떠오르고 있었다
바람처럼 강한 혀를
나는 서쪽에 주었다

시인의 부재

언어의 부재 깨고
집을 들어섰다

어둠으로 짙게 드리워 있고
사물의 형상은
알아볼 수 없도록
어둠마저 언어를 삼키고 있다

한 치의
넓이라도 밝혀 보려는 것이
시인의 모습이라면
조금씩 드러내는
언어를 토해내고 말리라

시인의 부재 알고
집을 나섰다

나의 사진

거침없이 찾아온 친구는
나의 사진을
꺼내 주고 돌아갔다
골방에 누워 있던
나는 의식을 깨워
나의 얼굴을 찾았다
사진에 박힌
나의 얼굴은 하나도 없다
찍힌 것은
창고 문이 문양 되어 있는 것이다
환한 조명이 비추고 있다
밖으로 드러난 검은 선은
저승사자의 웃는 얼굴처럼
파리하게 뚜렷하다
나의 얼굴이 없는
나의 사진
나의 사진인가
나는 던져버렸다
사라져 버린 사진
내 곁에 남아 있는 것은
창고 문이 문양 되어 있는
환한 조명이 비추고 있는
잔영뿐이다

제목 : 나의 사진
시낭송 : 박영애
스마트폰으로 QR 코드를 스캔하면
시낭송을 감상할 수 있습니다.

탈 자연보호

사람들이 찾아들어
사람의 손을 타고
얼룩져 가고 있는 곳이다
철저하게
홀로 있으리라

굳은 맹세마저
조각구름이
하늘을 날아다니듯
떠도는 허공의 미소가 되리라

흩어져 버리고
철저하게 붕괴된 구호
"자연보호" 팻말 아래
놀란 토끼처럼 도망칠 줄 몰라 한다

사람이 찾아드는 곳
강산의 줄기 줄기에
퇴적작용이
황톳빛 더해간다

나이

스쳐 지나가는 나이는
세월을 의미하고 있다
한 번쯤 생각해 볼 계절 겨울
우리에게 남아있는 것은 무엇일까
의미를 창조해 내는
하루하루가 될 수 있도록
이 밤 신에게 감사하는 마음을 갖는다
인생을 살아가는
길목에 놓여있는 것은
사람이기에 가능한가?
죽음이 있기에 가능한가?
부활의 용기가 샘솟는 것일까?
모든 걸 바쳐 나의 생을 다한다면
죽어도 여한이 없을 것 같다

삶

삶 뚫어져라 바라보면
사람 그림자가 보여

생 태어나는 신비로움
세상 빛줄기가 들려

노 시간 흘러 시계 돌린
청춘 오는 길이 닫혀

병 잠시 잠깐 머물다가
아픈 기억으로 멈춰

사 죽어있는 영혼 돌림
이승 가는 길이 열려

착하게 살자

어떻게 사는 게 착하게 사는지 말해줘
어떤 삶을 살아갈 때
내가 착하게 살아온 건지 말해 봐
착하게 살고 싶은 마음은 있기는 있는 거지

착하게 살고 싶은데
착한 걸 모르는 거지
누가 너 보고 착하게 살라고 한 사람 있어
누가 너에게 착하게 사는 법 알려 준 사람 있어

착하게 살고 싶은데
착하게 사는 법을 깨닫지 못했지
언제부터 착하게 살고 싶어
태어나면서부터

아니면 살아오면서
그것도 아니라면 지금 내가 살면서
착하게 사는 걸 언제 알게 되었어

무엇이 착하게 사는지

무엇을 목표로 삼아야 착한지
알고 착하게 사는 거야
그 무엇이라는 것 착한 마음을 찾는 거 맞아
무엇의 착함을 찾아봐

왜라고 의문을 가져
착한 게 왜인지
왜라고 답을 해봐
착하게 사는 길을 말해 줘

어디서 찾아볼까
착하게 사는 거
나도 궁금해
내가 착하게 살고 싶어

아름다움

우리에게 있는 아름다움과 아름답지 못함은 한 여자를
보았을 때 느끼는 감정과 같아 감정은 이율배반이고 감
정은 결과로 나타나고 나에게 있는 감정은 배반을 하고
또 한 번 눈을 부릅뜨게 하고 있어 아름답다는 것은 가
치 창조를 위해 싸우고 또 싸워야 한다는 거야 동전이
제구실을 다 하는 것처럼 사람도 제구실을 다 해야 하는
거야 아름다운 모습은 신에게 볼 수 있어 신에게 감사히
기도드리는 마음 한 폭의 수채화야 아름답게 사는 사람
들이 이 세상의 주인공이지 소설 속의 주인공도 역사 안
의 주인공도 되는 거야 살아가는 기쁨을 행복으로 아니
까 자연 그대로 살아가는 사람들에게 좁다란 문을 통과
하는 의식이 따로 없어 사랑이 열매 맺는 양심이 있으니
까 도시의 빌딩과 아스팔트에서 살아가는 것보다 자연
인으로 살아가는 것이 아름다워 가시적 발달이 낳은 인
간의 치부 그것을 떨구어 내는 한 떨기 길가의 코스모스
처럼 욕망과 싸움을 버려야 해 원시적인 공동체가 그리
워지는 계절 겨울 그대로 드러낸 나무들의 숲을 마주하
고 있는 자리에 머물러 사랑하고

현대인

쫓기고 있다 사다리를 올라가면 하늘나라가 있다는 착각(錯覺)을 한다 빌딩에 갇혀 사는 사람들 양심(良心)도 수치(羞恥)도 찾아볼 수 없다 갈등(葛藤)과 소외(疎外)로 똘똘 뭉쳐 있는 현대인(現代人)에게 정(情)을 얻으려 하는 때 누군가에게 쫓기고 있다 누군가에게 쫓기지 않는다는 것 자의식(自意識)의 탈출이다

언어 마법사

언어의 마법사라 불리는 시인은
언어를 자유자재로 연결하는
지혜를 상대방에게 전달하여
글의 맛을 알게 하는 능력 있다
글감을 선택하는 시인의 능력이다

언어는 마법과 같아서
변화무쌍하고
가진 것 표현하는
상징의 의미를 추상화 구체화한다
평범함 보편적 추구는 실체화된다

언어의 유희는
마술을 하는 시인이
의미를 부여하여
의미의 발상이 상대에게 전달된다
공감하는 연결고리를 생산한다

마법을 언어로 시연하니
언어의 통로로 이어주고
시인의 언어가 상대의 언어로
공유하는 결과를 의미한다
발상과 전환이 빠르게 전개된다

불평불만

불평은 나만 손해 본다
불평은 나만 피해 본다
불평은 나만 피곤하다

나만 불평을 한다
남이 불평을 안 한다

불만은 나만 만족 못 한다
불만은 나만 충분 못 한다
불만은 나만 충족 못 한다

나만 불만 있다
남이 불만 없다

불평불만은 나만 한다
불평불만은 남은 안 한다

돌싱

신조어를 탐색하는 날
하나의 탄생석 발굴했다
돌싱

결혼을 해 둘이 살다
이혼을 해 홀로 산다

돌아온 싱글이다
둘 다 자유인이 된다

이혼한 남자 이혼남
이혼한 여자 이혼녀

둘이 자유인이 된 남녀
둘이 홀로서기 된 남녀
돌싱

끝

만남과 헤어짐도
잠시 잠깐 머물다 가지요

머물러있는 것이
가는 것처럼 보이지요

세상에 끝장낼 수 있는
끝이 있을까요

만남과 헤어짐도
잠시 잠깐 머물다 가지요

머물러있는 것이
가는 것처럼 보이지요

꿈

잠자리에 들면 꿈을 꾸지요
잠자리에 꿈을 꾸면 피곤해요
이리 치이고 저리 치이고
귀찮은 꿈자리가 뒤숭숭

좋은 꿈 나쁜 꿈 번갈아 꾸고
이리 뒤척 저리 뒤척
뒤숭숭한 잠자기 피곤해
일어나면 어깨가 뻐근해

내가 밤새 몽유병자처럼
유체이탈을 해서
돌아다니다 온 거잖아
내 몸통을 잠자리에 버리고

잠자리에 드러누워 있었는지
내가 외출을 하고 돌아온 건지
몸뚱인 왜 이리 축 처져 있어
몸엔 땀으로 왜 축축해 있고

어깨만 뻐근한 게 아냐
목도 찌뿌둥
혀는 왜 이리 말라 있고
몸은 식은땀으로 적셔있네

밤새 어디를 갔다 왔니
아침에 일어나면 찌뿌둥
내 몸뚱이를 통제 못 해
저린 몸을 일으키네

사람 냄새

사람 냄새 향기가 그립거든
함께 어울리고
끼리끼리 뭉쳐 살자
사람 냄새 향기 그립거든
존재감 갖고
생 아름답게 꾸미고 살자
사람 냄새 향기 그립거든
정체성 찾아
서로 다투고 시기하고 질투하지 말고 살자

사람 냄새 향기 그립거든
꿈길 찬란하게
빛내며 살자
사람 냄새 향기 그립거든
희망 보고
남 시기 질투 아니 하고 살자
사람 냄새 향기 그립거든
감사하며
남의 삶 존중하고 살자

사람 냄새 향기 그립거든

아름다운 삶

따듯한 이웃과 살자

사람 냄새 향기 그립거든

행복하고

진솔한 사람 만나 살자

사람 냄새 향기 그립거든

친구 찾아

힘들게 하는 건 피하자

사람 냄새 향기 그립거든

그리운 사람 찾고

찾은 사람

계산하고

이용하는 사람

피해 살자

사람 냄새 향기 그립거든

사랑하고

사랑하며 살자

사랑하며 삽시다

나를 사랑하고
우리 사랑하고
사랑하며 사는 사랑살이
사랑하며 삽시다

나에게 사랑을
노래해도 거침없는
춤을 춰도 멈춤 없는
사랑하며 삽시다

행복의 외침을
고하나니
크게 노래합시다
사랑하며 삽시다

행복의 춤사위
추고 나니
큰 추임새 합시다
사랑하며 삽시다

행복한 나와 우리
사랑 노래하며
사랑 춤을 추는
사랑하며 삽시다

나에게 우리에게
사랑하는 노래
사랑하는 춤사위
사랑하며 삽시다

나를 사랑하는 행복이다

삶이란
사랑이다
나를 사랑하는
행복이다

생명이란
사랑이다
자존감 찾아가는
행복이다

생존이란
사랑이다
먹이 찾아 나선
행복이다

살아가기란
사랑이다
나를 사랑하는
행복이다

천사가 주는 편지

오는 것이 있으니
그냥 사랑이라 한다
오는 것이 있으니
그냥 행복이라 한다

오는 마음의 평안과
오는 마음의 평화가
나에게 주는 편지는
천사가 전해 주는 편지다

오는 평화와 사랑
오는 마음을 향한
나에게 행복과 사랑 주는
천사가 전해주는 편지다

가슴 열어재껴
행복한 사랑과
평화를 영접한
마음에 가두어 둔 편지다

행복한 마음 채우고 있다

너울이 친다
거침없이 파도를 가르며
바다를 가로질러
마음의 바다를 향해
너울이 친다

아픔이 없다
슬픔도 없다
너울은 나의 마음에
물결로 덮쳐와
행복한 마음 채우고 있다

너울의 설레임을
행복의 문을 활짝 여는
물결이라 한다
너울이 친다
고통도 없다
불행도 없다

너울이 친다

거침없는 마음의 바다에

행복의 문을 열어

물결 되어 밀려와

너울의 물결로

행복한 마음 채우고 있다

제목 : 행복한 마음 채우고 있다
시낭송 : 박영애
스마트폰으로 QR 코드를 스캔하면
시낭송을 감상할 수 있습니다.

좋아요 그냥 그래요

댓글을 다는 것이
악플로 남아
악플로 고통을 받는
이들이 많아지기에
긍정적인 의미의
글을 남기는
선플 운동이 대신하고 있다

세계가 지구가
하나의 연결망에 묶어져 있어
지구촌이라는 마을을 이루고 있다
가까이에 있기에
가속화와 연결망의 고리에
넘쳐나는 정보 공유가
다투어 댓글로 올라온다

성급함과 조급함과
빠름을 선호하게 되었다
스마트폰의
보급이 대중화되어
장소와 시간을
가리지 않기에
무기로 나에게 공격을 한다

좋아요 그냥 그래요라고
선호도를 표현하는 방법을
댓글과 더불어 징표로 남긴다
글과 동영상을 올린 이에게
긍정으로 남겨 주기 바란다

사람이 되도록 하소서

적절한 절차를 따라
절차를 따르는 자가
사람이라는 희망을 갖게 하소서

우리에게 믿음과 믿음으로
깨우치게 하시어 소망하는
사람의 계시를 깨우치게 하소서

처신을 올바로 하여
계시에 따르는 삶을 사는
사람이 되는 길 열어 주소서

사람이 되도록 하소서
고개를 들고 바르게 사는
사람으로 태어나도록 하소서

정의라는 선언

정의로서
사회를 밝히는
횃불로 승화되고자 합니다

생명 의지
삶의 의지가 되는
기둥이 되었으면 합니다

자존 의지
나를 깨달음으로 인도하는
도리가 되고자 합니다

정의로서
내가 정의라는 선언을
세상에 선포하고자 합니다

따뜻한 바람

부드러움에 강함이 있어요
강함을 표현하고자 하면
부드러움은 멀어져 가요

바람 강하면
파괴를 불러요
햇볕이 강하면
가뭄을 주지요

햇살이 부드럽게
내리 쬐이고
바람이 부드럽게 불어주면

따뜻한 바람
훈풍이 돼요
따뜻한 바람이
강한 햇빛과 바람이지요

제 3 부

살아가는 가치를
허투루 보내면 안 되지
끝을 맺는다는 것
한 치 앞을 모르기에

살아있음에 감사하며
숨 쉬고 있음에 감사하며
최고의 하루를 만나야지

꿈

돌고 돌아가는 희비의 쌍곡선 회자정리의 이치가 순항하
는 곳 꿈의 순환이라고 하자 사람이 태어남과 죽음을 알
지 못하는 멀리 있는 꿈 우린 원대함을 품을 수 있었다 사
는 것이 쉽지 않음을 깨달았을 때 현실 안주를 떨치지 못함
을 알고 주저앉으려 했다 남아있는 꿈 우주로 내밀 수 있
는 도전장이다

섬

사람이 사람을 섬길 줄 알 때 도시에 섬이 사라진다 소외
갈등 그리고 각박한 세태가 있다 메마른 사랑을 외치는 자
들 과연 무엇을 위한 사랑의 실천자들인가 세상은 험악한
사람들로 채워지고 삶을 통한 화해 소통이 멀어지고 있다
이 땅에서 누구를 위해 사랑이라는 단어는 존재하는 것일
까 지구상에 존재하는 사람들은 한 평의 땅을 놓고 전쟁도
하고 한 푼의 돈을 놓고 생존하려는 욕심의 섬을 만들고 있
다 도시에 섬이 많아지고 섬 안에 갇힌 사람들은 자신마저
도 섬 안에 가두어 두고 있다

스스로

스스로 일어서야지 훌륭한 사람이 되지 주저앉더라도 또 일어서 돼 스스로 일어서야지 결승점은 보이지 않는 거구 포기하면 안 되지 낙오하는 사람은 더 못나 보이거든 나는 계속 잠재된 의식을 일깨우고 있지 사람의 육신이라는 정신과는 별개처럼 느껴지던데 정신은 말짱한데도 육신이라는 물체는 움직이지 않는 거야 내 옆에서 말하는 소리 선명히 들려오는데 왜 난 말도 못 하고 보지 못하는지 정신은 또렷해 가는데 나의 육신은 썩지만 않고 살아있어

역사

규칙을 알고 법을 알았을 때 시간을 거스를 수 없다 타임머
신이란 기계의 작동도 실현되는데 과학의 야심은 영상기
법으로 다가오고 실천하지 못하는 것 인간 힘의 한계상황
이다 시간이 흐른다 존재를 명제화한다 불투명함을 가능
케 하는 조작에 불과하다 고층 빌딩과 우뚝 솟아오른 과학
문명을 질타하면서도 발전하는 문명 시간이 해결하고 있
다 인간 두뇌의 파장이 감각적으로 해결해 내는 최고치 지
식을 통해 시간은 흐르고 역사는 그 변수를 기록하는 것이
다 반역자의 모습은 역사를 사실대로 기록하는 사람에게
있다 역사는 시간을 거꾸로 환산하는 작업이다 거슬러 올
라가는 시간은 과학이라는 편법과 인간의 심성을 오열시
킬 뿐이다 반역을 위한 반역행위는 그 시대 그 사람이 되
어야 함에 있다

설악기 - 마등령에서 바라본 바다

10월의 산은 구름 한 점 없어 좋다
산허리까지 차오르는 단풍열차를
타고 사람들은 하늘로 하늘로
산을 오르고 있다

아무리 올라도 끝없이 하늘까지
닿을 줄 알았는데
정상에 우뚝 올라섰다

설악의 마등령 좌측으로
동해 바다와 청초호가 바라보이는데
하늘까지 오를 줄 알았던
설악의 한 능선은
다시 내리막길을 보여 준다

바다를 보여 준다

사람의 마음도 멀리서 바라보면

동해처럼 아름답겠지

꾸밈이 없이

자기를 과시하지도 않고

잔잔한 호수처럼

그 자리에 있는 바다같이

멀리서 다가오는 바다

마등령에서 바라보는 바다는

멀　　어　　서

좋다

설악기 - 공룡능선에서

산을 오르는 것은
내려오기 위해서가 아니라
산을 오를 때
또 하나의 산이 있기에
오르고 내리고 하는 것이다

사람이 사람을
미워하기도 하고
좋아하기도 하는 것은
산을 오르는 것과
다를 바 없다

설악은 인생의 뒤안길을
예고하는 산이다
살아가는 과정을 배우는 것은
어디에서도 할 수 있지만
나의 산행에서
참 멋을 더하리라

사람들이여
설악의 공룡 능선에서
내 땅에서
나의 인생에서
참 멋을 더하리라

사는 맛

갈 길을 가고
온 길은 돌아보고
가고 오는 길을
밟아보는 재미도 있어야
사는 맛이 있다

가는 것과 오는 것
정한 대로
정해진 대로
정하고 사는 거다

마음에 담아 가고
마음대로
하고자 하는 대로
살아가는 거다

마음이 정한 대로
우리의 살아가기
이렇듯 오고 가며 살아가니
살아가는 것 재미있다

제목 : 사는 맛
시낭송 : 박영애
스마트폰으로 QR 코드를 스캔하면
시낭송을 감상할 수 있습니다.

빌붙기

빌붙기 놀이하자고
여기에 붙었다
저기에 붙었다

사람의 무리에
간 쓸개 떼어놓고
붙어 보자고

내가 이로운 일을 하는데
간 쓸개를
떼어 놓아도 좋아

체면이 무엇이 필요해
간에 붙고 쓸개에 붙어
내가 이로우면 다지

양이 차지 않아

양이 차지 않아
양을 채우려면
배고프면 음식을 먹고

양이 차지 않아
돈이 부족하지 않아도
양이 차지 않아
돈을 더 모으고

양이 차지 않아
권력을 맛들이고 나니
더 센 권력을 갖고자 하고

양이 차지 않아
명예를 보상받으려
더 많은 상과
덤으로 생애를 살고자 하는
욕심이 일어나고

양을 채우기 위해
권력과 금전과 명예를
갈망하고
욕심의 양을 채우려 하지만
양이 그래도 차지 않다고

팬데믹 코로나19

고난의 시대를 맞았다
고통의 늪 길을
산책하고 있다

별별 균들이
다 생겨나고
특별한 별종이 등장하고 있다

이별을 약속하고
빨리 종식되어야 할 걸
백만 대군처럼 몰려온다

잠잠해지려나 했더니
당당하게 파죽지세로
달려오고 있다

겁먹지 마

겁먹지 마
겁먹을 필요 없어
내가 방패 되어 줄게

겁먹는 것은
마음이 겁먹은 거야
내가 육체를 보호하려는 거야

겁먹는 것은
무의식적인 반응이야
의식적인 반응 보여

겁먹지 마
내게 다가와
내 옆으로 와

내 영혼이 겁먹지 않게

에피데믹 코로나19

두렵지 세상이 두렵지
어둠이 암흑이
돌아다니는 세상이

두렵지 두렵고 무섭지
너무 무서워
밖에 나가기 어렵지

코로나가
세상이 두렵고 무섭지
싸돌아다니지

외출을 금지하고
집에 머물러 있으라 해도
나는 아닐 거야 하며
잘 돌아다니지

나만 아프고
나만 고통에 빠지는 게
아니라는 걸 알면서
나는 아닐 거야 하면서
돌아다니지

사람들이
코로나19라는 감염병이
사람들이
코로나19가 빠르게 유행해도

에피데믹을 두렵다 하면서
에피데믹을 무섭다 하면서
에피데믹의 감염병 알면서
에피데믹이 빨리 유행된다

상상이나 해봤나 코로나19

상상이나 해 보았나
코로나19가
두통과 피로를 느끼게 하는
상상 임신과 같은 거로
인도하고 있는 것을

상상이나 해 보았나
재택근무 하면서
경제활동이 침체 되어가는 것을
상상이나 해 봤을까

상상이나 해 보았나
우리가 사는 세상이
코로나19라는
상상도 못 해 본 결과를
초래하고 있다는 걸

상상이나 해 봤을까
상상이 현실로 오는 게 아닌
상상도 못 했던 인재가
환경오염으로 폭격을 하는 걸

상상 안 되는
어려운 결과가
갈수록 태산이라더니
코로나19
상상해도 현실이다

백신 가격 코로나19

코로나19 백신이

개발되어

수급을 위해

값싸게 공급하는

중국제는 아니라 하고

값싸게 공급한

러시아제도 아니라 하고

도통 알다가도 모르는

싼 게 비지떡의 고정 관념

약효는 행방불명

어디까지 효력이 있는지

효능을 발휘하는지

알지 못하는 백신 가격

백신 장사 코로나19

백신을 팔아
돈벌이를 하자는 것도 아니지만
백신 가격 알 수 없어
효능도 검증 안 된
임상 3단계 백신 가격이

장사치들의 알사 한
장사 수단은 아닌지
알다가도 모를 일이지
부르는 게 값이라지만

같은 값이면
인류를 위해
싸게 공급해 주면 좋겠는데

못사는 나라 국민들은
백신 공급의 값이 비싸
임상 3단계를 원해도
구제받지 못하고 있어

다홍치마는 이쁘다
백신 가격이
다홍치마를
입고 있는 거야

권력의 술법

권력의 술법에 빠져
권력을 잡으면
작은 권력이라도
자기만의 세계에 갇혀
있다는 걸 모르지

권력의 맛이 좋나 봐
작은 권력을 알면
자신만의 세상인 듯
무소불능의 행태를 보이고

행동은 크게 보이려 하고
말은 막 나오고
권력의 쓴맛을 보이고 있어

개구리 올챙이 적
생각 못 하고
직책이 올랐다고
신입직원 책망하고
권력을 행사하려 들어
권력의 술법에 빠져들어

왕따

어울림을 하고 싶어도
어울릴 수 없게 하는
왕따라는 세상이
예전부터 있어 왔어

개밥에 도토리라고 하는
속담이 있었지
생활 속의 지혜를
알게 하는 거지

따돌림을 당하는
도토리가 되게 하고
왕따를 만드는 세상이
사람 사회에는 있는 거지

동물의 세상에는
왕따를 만드는 게
영역 다툼으로 하지
사람 세상 왕따는 이성이 필요하지

개천에서 용 난다

시대가 변하고 있어
변변치 못한 집에서
태어난 사람도
출세의 길을 위해
노력하면 되는데

현실은 그렇지 못해
시대가 부모 잘 만나야
출세하고 영달을 누릴 수 있는
세습사회 계급사회가 돼

개천에서 용이 나올 수 있는데
개천에서 미꾸라지도 나오지 못하게
사회계급이 세습화되어
꿈을 펴보려 해도 접혀

구름 위를 걷게 하고 있어
세습화된 용은 날개를 달고
계급화된 미꾸라지는 진흙탕에
세습사회 계급사회가 돼

말을 잇지 못해요

애태워도 말을 잇지 못해요
속상해도 말을 잇지 못해요
마음속으로 애만 타고
가슴으로 속상해하지만
말을 잇기가 어려워만 하지요

할 말은 속 시원해야
말의 맛이 있는데
하지 못하는 이유가 있나요
수줍어서 부끄러워서
말을 잇지 못하나 봐요

고기는 씹히는 맛
말은 속 시원히 털어놓아야
가슴이 뻥 뚫리는 맛
말을 잇기 어려워요

묻지마 공격

갑자기 달려들어
공격하데
싸움판에 내가 끼어들게 대
공격하고 있어

싸움을 말리려 했지
싸우려 한 게 아닌데
왜 덤벼들어
공격하는 거지

친구가 어깨를 마주치어
미안하다고 했는데
묻지 마 공격을
친구에게 하데

말리려 했어
공격하데
사람이
무서워졌다

최고의 하루

바쁘다 하고
바쁘다는 핑계 되어
다시 돌아오고
뜀박질하며 살고 있어

먹고 살자고 하는 일
잘 살자고 하는 일
잘 먹자고 하는 일
일하면서 아까운 시간 보내고 있어

살아가는 가치를
허투루 보내면 안 되지
끝을 맺는다는 것
한 치 앞을 모르기에

살아있음에 감사하며
숨 쉬고 있음에 감사하며
최고의 하루를 만나야지

결정짓기 어려워

결정을 해야 하는데
결정을 짓지 못하고
망설이고 있어

판결을 해야 하는데
판결문을 인용하기가
어렵다 해

귀에 걸면 귀걸이고
코에 걸면 코걸이 되는데
결정문을 인용하는 건데

망설이고 있어
약속을 지키는 것
사소한 것인데

약속을 지키지 않기에
결정문을 인용하는 게
어렵다는 거지

결정을 못 하고 있어
선택을 해야 하는데
선택의 판결문을 인용할 수 없다는 거야

아무 소용없어

아무 소용없어
내가 요구하는 것 아니기에
아무 소용없어
그림의 떡으로 보여

내가 필요한 조건에 만족하지 않으니
내가 만족하는 조건에
충족하는 것을 찾아야
소용 있는 거야

그림의 떡처럼
소용없고
필요하지 않으니
이게 뭐람

아무 소용없어
필요한 거
만족한 거
없으니 아무 소용없어

슬프고 기쁘고

슬퍼해 슬퍼하면
나아지는 게 있어
슬퍼하려 하지 마
나아지는 게 있다면
슬퍼해

기뻐해 기뻐하면
나아지는 게 있어
기뻐하려 하고자
하기만 할 수 있다면
기뻐해

슬프고 기쁘고
다를 게 없어
슬픔도 기쁨도
하나의 마음에서
갈라져 나오는 거야

갈라져 나오는
슬픔과 기쁨은
마음은 하나야
마음에서 갈라져
하나라는 거야

기다려라

기다려 기다려야 해
이제까지 기다려왔는데
급하게 서두를 게 뭐 있어
지금부터 시간 갖고
더 오래 보면 되지

기다려 우리 숨 쉬고 있는
그날까지 함께 갈 길이
아직 많이 남아있어
기다림의 끝이 어디까지인지
끝판이라는 것을 알기에
기다리라고 하는 것이야

내가 선택한 인연
선택한 인연이기에
다가갈 수 있는 인연
가까이 다가가도
부담 없는 인연

첫 만남의 기억이 각인 되었기에
더욱 질긴 기다림을
준비하고 있어
기다려라 다시 만난 인연
단단하게 묶자

잘 먹어야 해요

잘 먹어야 해
잘 먹어야 건강한 거야
먹고 싶어도
먹지 못하는
가난한 사람도 있고
먹고 싶어도
혼자 힘으로
씹지 못하는
사람 있어

잘 먹어야 해
살아 있다는 것
먹을 것 잘 먹을 때
생기가 돌고
숨 쉬는 것을
느낄 수 있어

잘 먹는다 것
잘 싸는 것
먹기만 하고
배설을 못 하면
배 터져 죽어
살기 위해 먹고
배 터져 죽으면 안 되지

잘 먹어야 해
배부르면
서 있다가도 앉게 돼
앉은 다음 눕게 돼
누워 잠 잘 자면
건강한 거야

제 4 부

들에 살고 있는 들풀과
들에 살고 있는 들꽃은
야인이다

들과 하나 되어
들에 사는 들의 풀과 꽃
야인이 되어

자랑 마라

나만 잘나면 그만이지
나보다 잘난 사람 있어
세상에 별별 사람이 다 있고
세상에 별별 동식물 다 있어

잘난 맛에 살았는데
나보다 더 잘난 것들이
세상에 존재하는 거야

세상에 자랑하고
나만 잘 났다고
떠들어보아도
나보다 나은 사람 있어

누군 줄 알아
바로 우리 자손이라는 유전자
영원한 생명 유지하게 하는
디. 엔. 에이. 결합체

비밀

숨기려 하는 것 있지
비밀이야 하면서
속내를 감추려 하는
의식을 갖고 있는 것

침묵을 하면
입이 근질거려
모르게 말을 하게 돼
밤마다 퍼져가

비밀이 없나 봐
마음의 속내도
비밀로 할 수 없나 봐
알고 있잖아

내가 갈 길

내 갈 길이 수만 리인데
남 길을 엿보려들 겨를이 없어
길 가기 힘들어

혼자 사는 무리 아니잖아
어울려 사는
사회적 동물이잖아

힘들다고
손 놓고 가면 안 돼
손잡고 가야 해

놓치지 않게
손잡고
길을 가야 해

늦은 게 늦은 게 아니다

늦게 시작하는 게
요즘 세태란다
수명이 늘어
늦게 시작하는 삶이

실버 세대라고 한다
100세를 넘어
120세라 하니
축복인지 불행인지

혼자 사는 독거노인이
증가세를 이루니
나이가 들어도
시작해야 한다

나이 타령 벗어놓고
출발해야 한다
늦은 나이에 갈 날만 손꼽아
기다리는 시대가 아니다

늦게 배운 도둑이
날 새는 줄 모른다고
나이 들어서도 시작하여
삶의 풍요 찾아야 한다

도둑질

양심을 속이는 거
도둑질이야
양심을 도둑질하는 거야
마음을 훔치는 거야
마음을 도둑질하게 하는 거야

도둑질한 양심을
어디에 가져가야 해

누가 도둑질한 양심
전당포에서
맡아주듯이
맡아 주는 곳 있어

하느님이
양심을 맡아 주고
도둑질을 용서해 주시네

남 탓을 해

자꾸 덤벼들어
가만히 있고 싶은데
나에게 덤비고
시시콜콜 시비를 따지자 해
자기 자신에게
침 뱉고 싶은가 봐

남의 탓을 하면서
자신에게 해악을 가하고 있다는 것을
알지 못하나 봐
남 탓을 하면
내 탓이 되어
돌아오는 것을 모르기에 그러겠지

내 탓을 하면

나와 다른 이에게

선행을 베푼다는 것을 알면

이러지 않아야 할 건데

이기적인 인간들이라

이해하려 들지 않고

남 탓으로 돌려

해악을 부추기고 있어

선행을 해도 역부족이고

유한한 삶인데 말야

덤벼들면서

남 탓만 하고 있어

균에는 균

망할 놈의 세상
세상이 망하려고 해
돌연변이 코로나가
기승을 부리고
겨울이면 더 난리야

사람에게 전파되는 감기
동물에게 전파되는 감기
동물과 사람에게 전파되는 감기
환경오염이 만들어 낸
신종 괴물의 등장

작은 너무도 작아
미세 먼지보다 작은 생명체가
바이러스고 세균인데
생명력을 가지고 있어
전염병을 퍼트리고 있는 거야

그때 그때 살기 위해
살아남기 위해
인류의 과학 문명은
세균에 대한 면역력을 배양하고 있어
슈퍼 바이러스가 탄생하고

슈퍼바이러스를 인류는 또 살기 위해
의학기술로 면역력을 배양하고

균에는 균
솔로몬 왕이 이에는 이
눈에는 눈이라 하였던 게
또렷하게 재현되고 있어

균에는 균으로 대항하는
면역력 배양으로
인간의 몸에
세균을 주입하여
강한 인류를 지향하고 있는 거지

신비 길

문이 열렸다
엄마의 뱃속 문이 닫혀 있었는데
엄마의 뱃속 문이 열렸다

생명 탄생의 신비 길로
인도하는 문이 열렸다

꿈틀거리며 빨리 나가야 하는데
엄마가 고통을 덜 느끼는데

어두운 수로 길은
눈 감고 있는 나에게
어디로 나가야 하는 길인지
길을 묻게 한다

알려주는 것은 물길을 따라
나가야 한다는 것이다
물길에 의지하고 몸을 맡겼다
흐름에 따라 꿈틀거리며 빠져나왔다

시간이 길게 느껴지고
오래 걸리는지
우뢰가 치고
깜깜한 곳을
흐름대로 따라 나왔다

멍하다
문 열고 나오니
목에 감겨있던
탯줄이 잘리고
목 안에 있던
양수를 끄집어내고
울었다
물길의 문을 열고
나왔다

편하게 살려면

물속에 사는
생물은 물속이 편하고
땅 위에 사는 동식물은
땅 위가 편해

땅 짚고 헤엄친다고
땅 위에서 헤엄치면
헤엄칠 수 없어
불편한 줄 모르고 하는 말이지

삶의 터전에서
사는 게 익숙하기에
익숙하게 사는 것이 편한 거야
불편함이 없게 살고 싶으면

내가 태어나고 살아온
곳에 맡기면 돼
살기 편하게

흉을 봐봐

흉을 보면 마음이 후련해
가슴이 답답하고 힘들 때
흉을 봐봐

조여오던 마음에
숨통이 트이는 거야
흉을 봐봐

재미있고 흥이 나는 게
시원하고 후련한지 몰라
흉을 봐봐

사람들 흉보는 게
답답함을 뚫게 돼
흉을 봐봐

살아남는 법

맑은 하늘이라 하던가
소나기가 오신다
맑은 하늘에 먹장구름이 밀려와
국지적인 소낙비를 오게 한다

대기의 상층 공간에서
이상기류를 만든다

정해진 일정 부분에
맑은 하늘이었던 곳에
변화의 기류를 형성하여
먹장구름이 밀려온다

예고도 하지만
예고도 없이 소나기가 오기도 한다

자연의 순환 논리를
사람들이 알아내어서
본능으로 살기 위해서
살아남는 법 터득하였다

말

말을 하면 쓴말도 하고
말을 하면 단말도 하고
쓴말과 단말 가리지 않고
험한 말도 한다

말은 칭찬도 하고
말은 꾸지람도 하고
말은 흉도 보고
욕도 한다

말은 입에서
나오는 대로 할 수 있기에
곰곰이 따져 본 다음에
나와야 하는 게 말이 되야 한다

막 나오는 말이 되어
쉴 틈 없이 입 밖으로 튀어나온다

목구멍

목구멍은
필수 조건이다

목구멍은
숨 쉬고, 먹고, 신호 전달하여
살아있음을 알게 한다

내가 시를 쓰는 것은

내가 시를 쓰는 것은
내가 시를 쓰는 것을
좋아하기에 시를 쓰는 것이다

무슨 일이든
노력하고 반복 연습하면
못 이룰 게 없기에

또 쓰고
다시 쓰고
고치고 다듬고 한다

노력하면 안 될 것이 없다는
자신감에 시를 쓰고 썼을 때의
희열은 나에게 행복을 안겨준다

우공도 노력을 거듭하여
산도 옮겼다는데
내가 시 쓰기를 좋아하니
나에게 행운이다

잘난 맛

왜 이리 사공이 많은지
배를 타고 가다가
산으로 올라가고
있는 거 같아

산으로 오르니
공기는 좋네
강물을 따라가야 하는 배가
산으로 산으로 올라가

잘난 맛에 산다지만
자기만 잘 났다고 말하고 있네
사공이 많아
오르고 올라 산으로 가네

노를 저어가자
산으로 노를 저어가자
잘난 맛에 산 다네
산으로 가든 바다로 가든
가고자 하는 곳으로 가면 되지

부끄럼

부끄럽사옵니다
송구하옵니다
어찌할 바를 모르겠사옵니다
죄송할 따름입니다

입바른 말은 잘 하네
바른말을 하고 있네
그럴 바에 처음부터 시작을 말았어야지
왜 부끄럽게 살려고 해

사람들이 살려고 안달을 피우네
부끄럽게 살지 않으려 한다면서
사람들이 살고지고 부끄럼 타네
왜 이리도 부끄러운 삶 살고지고

이제는 부끄럽지 않게 살고 싶다
참되게 살고지고 싶다
하늘을 향해 고개 빳빳이 들고
땅을 걸어간다

살려고 해

죽지 않으려 하면서
죽어 가는 게 뭐람
죽지 않으려 하면
죽지 않을 길 찾아

죽어지면
사라짐을 몰라
살아있어야
죽음에 대해 알아

알면서 왜 죽으려 해
살려고 해도
살기 어렵다 하면서
고독한 척하면서 죽으려해 하지 마

죽으려 하지 마
살려고 해
고독한 척하지만
고독한 척하면서 죽으려 하지마

인생은 혼자 사는 거 아니야
함께 사는 거야
살려고 해
살아야 해

이어나가자

이어지는 것을
연속이라 하네
이어나가야지
시대를 이어나가야지

풍진세상이라 하고
모진 세상이라 하지
이어나가야지
끄나풀을 이어나가야지

이어나가야
새로운 시대를 만날 수 있어
이어나가 함께
이어나가 따로

이어나가면
꼬일 수 있어
꼬이지 않게 하나로
결박해서 이어나가

우리 함께
이어나가자
새 세상 만든
사람이 되자

기다림과 그리움

기다림은
그리움에 지쳐있을 때
그리움에 사무쳐 있을 때
기다려지는 것이다

그리움은
기다림을 돌아보고
다시 쳐다볼 수 있을 때
그리움이 묻어나는 것이다

기다림과 그리움은
서로에게 연인으로
사랑을 하고
사랑을 나누고
사랑을 바치는 연인이 되었다

묶인 게 자유로워

풀어주지
방을 닫아놓아
묶여 살게 하고 있어
풀어주면 위험하다고

묶어놓아
묶인 게 자유로워
풀어지는 자유가 있어

묶어놓고
자유가 온다 하고
가고 싶은 데로 가라 해
자유로워지고 있어

풀어주고
방을 열어놓아
방을 열어놓고
풀어놓고 위험하다 해

자식 자랑

자식 자랑을 하는 사람
딸 바보 아들 바보라 한다
사랑의 바다를 향해
거침없이 파도를 치게 한다

내 자식이 가장 잘 났다고
내 자식이 가장 잘나기를
바라며
부모 마음 자식에
대한 염원이다

내가 이루지 못한 한을
내리사랑으로
내리사랑이
나의 소원의 갈망이 되어
내가 이루지 못한 것을 이루려 한다

자식 자랑도 하고
내 소원도 성취하려 한다

이름 짓기

이름은 짓기 나름이고
관찰은 주입하기 나름이다

정하는 것은
객관화시키고
통일성을 추구하는 것이다

이름이 다를 수 있지
기린은 기다림의 기
린은 이쁜 말 만들기 위해 갖다 붙인 린

내 맘에 드는 이름 지어주며
나만의 이름 짓지

살 빼기

살과의 전쟁이라니
살과 전쟁을 하려면
세포를 구조화된 세포를
뒤죽박죽으로 만들어
세포를 재배열해야 한다

구조 변경이 쉽지 않기에
살과 전쟁을 선포한다
구조 변경을 하면
요요 현상이라고
살이 부풀어 오른다

먹어야 살기에
전쟁 선포 후
먹을 것 지원받아야 한다
살과 전쟁을 선포하고
응급처치한다

체지방 분해
후환이 있으니
세포가 아닌 체지방 분해
좋은 게 아니다

식이요법과 운동
세포 자극 주어
일상생활에서
세포 구조 변경해야 한다

금고

숨길 게 많은가 봐
감추고 싶은 게 많은가 봐
재물을 어디엔가
갖다 놓으려고 해

안전하다고 믿는 구석이 있는 곳
보석이든 금이든 현금이든
갖다 믿고 맡길 곳을 찾아
감추고 숨기려 하지

재산 숨겨 놓고
세금 내지 않고
안전하다 믿는 구석에
작게는 개인 금고에
크게는 은행 금고에
갖다 놓으면 되지

익명으로 숨겨주고
특별 대우받고
누이 좋고 매부 좋은
믿을 만한 곳이라고
기대하기에 그러겠지

나아라

살겠다면 나아
병이 몸에서 떠나니 나아

면역력으로 낫는다면
면역력 뇌에 알리면 나아

치료받고 빨리 나아
나아라 나아라 하면 나아

주문을 외워 낫게 해
나아라 나아라

행운

건강한 게 행운이지요
운이 순항하니
건강이라는 항해사는
파도와 풍랑 일어도
건강 배를
잘 운항하지요

행운은
건강으로부터 오니
항해하는 맛을 알지요

건강 항해사
바닷길 열어
항구에 도착하지요

배에 싣고 온
행운을
복을 나눠주지요
사랑의 항구에
닻을 내리지요

만사형통

모든 일 잘 풀리길
사람들 바라지
모든 일 잘되길
사람들 바라지

바라는 게 잘 된다면
사람들 바라는 게
바라는 대로 된다면
소원 성취하는 거지

만사형통하세요
모든 일이 잘되라는 거지
해가 넘어갈 때
한 번씩 소식 전하면서 하는 말이지

잘되라는데 싫어하는 사람 없지

성찰 통로

동굴을 탐험하듯이
앞으로 나아간다
빛을 찾아 나아가고

어둠을 뚫고 나아간다

땅의 기운이
서서히 오르고 있다
하늘을 향해
통로를 열고 있다

하늘길이 열리는 것이다
쿵쿵거리며
발자국 내딛는
요란한 광풍 같은 걸음이다

내가 찾은 빛의 근원은
땅의 기운과 맞선
하늘길을 연
인간 본성의 성찰 통로다

쓸쓸해 보이겠지

바람이 불어오는 언덕에
나무 한 그루 서 있다고 하면
쓸쓸해 보이겠지

나무가 숲이 우거진 곳에 있다면
바람이 스쳐지나가기에
쓸쓸해 보이겠지

쓸쓸하기도 하고
으스스한 소름이 돋기도 하는 게
쓸쓸해 보이겠지

하나가 있을 때나
여럿이 있을 때나 내가 느끼는 대로
쓸쓸해 보이겠지

홀로 사는 분들

옮겨 다닌다지 않았어요
그 자리에 머물러 있어요
함께 살며 어울릴 때가 좋은 거지요
무리 지어 살아야 산다 할 수 있지요

홀로 독수공방하듯이 살아가요
사는 것 같지 않아 보여요
홀로 살아가는 분들이 많아져요
자식을 여의지도 않았고요

무자식도 아니예요
홀로 사는 분들이에요
홀로 사는 분 늘었어요
이해할 수 있어요

이해가 되지요
노령화되고요
황혼이혼 늘고요
홀로되어 배우자 없어요

춤판

사람에게 도덕이라는
규범이 있지
도덕은 양심이라는데
야망과 욕망이 난무하는
춤판의 무대

춤판은 얼럴럴러
야신(夜神)과 만나자
도덕이 이성을 잃고
이성이 도덕을 잃고
춤판이 난무

춤판은 얼럴럴러
밤의 무대가 끝나고
낮의 무대는 어둡고
도덕과 이성의 무대는
춤판의 무대

사람에게 도덕이라는
규범이 있지
도덕과 양심이라는
야망과 욕망의 난장 같은
춤판의 난무

야인

들에 살고 있는 들풀과
들에 살고 있는 들꽃은
야인이다

들과 하나 되어
들에 사는 들의 풀과 꽃
야인이 되어

그 자리에 뿌리를 내리고 있다
야인의 생을 한 해로 보내기 하고
여러 해를 보내기도 하면서

사는 재미를 붙인다
야인으로 살기에
꽃 피워 씨 날리고

더 멀리 더 멀리
날려 보내려고
바람에게 길을 내달라고

살랑살랑
바람결을
파도타기하고 날아간다

제목 : 야인
시낭송 : 박영애
스마트폰으로 QR 코드를 스캔하면
시낭송을 감상할 수 있습니다.

별 사랑

별 꿈들 하나 또, 하나
네 욕망의 끓어오름을
상기된 얼굴로
손을 젓는다

난 그의 유혹에
안기길 거절하며
별 하나를
가슴에 안아본다

정열도, 사랑도, 아픔도
나에게
고통이었으나
처마 양지 끝에 머무른다

별 사랑하는 것처럼
매달린 고드름은
슬픔이었으나
별 사랑이다

 제목 : 별 사랑
시낭송 : 박영애
스마트폰으로 QR 코드를 스캔하면
시낭송을 감상할 수 있습니다.

그냥 야인

송근주 시집

2021년 6월 25일 초판 1쇄
2021년 6월 28일 발행
지 은 이 : 송근주
펴 낸 이 : 김락호
디자인 편집 : 이은희
기 획 : 시사랑음악사랑
연 락 처 : 1899-1341
홈페이지 주소 : www.poemmusic.net
E-Mail : poemarts@hanmail.net

정가 : 12,000원
ISBN : 979-11-6284-295-9